SUEÑO DE LA MUERTE

Francisco de Quevedo Villegas

Harto es que me haya quedado algún discurso después que veo a V.M. , y creo que me dejó este por ser de la muerte. No se lo dedico porque me lo ampare; llévosele yo, porque el mayor designio desinteresado es el mío, para la enmienda de lo que puede estar escrito con algún desaliño o imaginado con poca felicidad. No me atrevo yo a encarecer la invención por no acreditarme de invencionero. Procurado he pulir el estilo y sazonar la pluma con curiosidad. Ni entre la risa me he olvidado de la doctrina. Si me han aprovechado el estilo y la diligencia he remitido a la censura que V. M. hiciere dél si llega a merecer que le mire, y podré yo decir entonces que soy dichoso por sueños. Guarde Dios a V. M. , que lo mismo hiciera yo.

En la prisión y en la Torre, a 6 de abril 1622.

A QUIEN LEYERE

He querido que la muerte acabe mis discursos como las demás cosas; querrá Dios que tenga buena suerte. Este es el quinto tratado al Sueño del Juicio, al Alguacil endemoniado, al Infierno y al Mundo por de dentro; no me queda ya que soñar, y si en la visita de la muerte no despierto, no hay que aguardarme. Si te pareciere que ya es mucho sueño, perdona algo a la modorra que padezco, y si no, guárdame el sueño, que yo seré sietedurmiente de las postrimerías. Vale.

Están siempre cautelosos y prevenidos los ruines pensamientos, la desesperación cobarde y la tristeza, esperando a coger a solas a un desdichado para mostrarse alentados con él, propria condición de cobardes en que juntamente hacen ostentación de su malicia y de su vileza. Por bien que lo tengo considerado en otros, me sucedió en mi prisión, pues habiendo, o por cariciar mi sentimiento o por hacer lisonja a mi melancolía, leído aquellos versos que Lucrecio escribió con tan animosas palabras, me vencí de la imaginación, y debajo del peso de tan ponderadas palabras y razones me dejé caer tan postrado con el dolor del desengaño que leí, que ni sé si me desmayé advertido o escandalizado. Para que la confesión de mi flaqueza se pueda disculpar, escribo, por introducción a mi discurso, la voz del poeta divino, que suena ansí rigurosa con amenazas tan elegantes:

> *Denique si vocem rerum natura repente*
> *mittat et hoc alicui nostrum sic increpet ipsa:*
> *quid tibi tanto operest , mortalis, quod nimis aegris*
> *luctibus indulges? quid mortem congemis ac fles?*
> *nam si grata fuit tibi vita anteacta priorque*
> *et non omnia pertusum congesta quasi in vas*
> *commoda perfluxere atque ingrata interiere:*
> *cur non ut plenus vitae conviva recedis?*
> *aequo animoque capis securam, stulte, quietem?*

Entróseme luego por la memoria de rondón Job dando voces y diciendo: "Homo natus de muliere", etc.:

> *Al fin hombre nacido*
> *de mujer flaca, de miserias lleno,*
> *a breve vida como flor traído,*
> *de todo bien y de descanso ajeno,*
> *que como sombra vana*
> *huye a la tarde y nace a la mañana.*

Con este conocimiento propio acompañaba luego el de la que vivimos , diciendo: "Militia est vita hominis super terram", etc.:

*Guerra es la vida del hombre
mientras vive en este suelo,
y sus horas y sus días
como las del jornalero.*

Yo, que, arrebatado de la consideración, me vi a los pies de los desengaños rendido, con lastimoso sentimiento y con celo enojado, le tomé a Job aquellas palabras de la boca con que empieza su dolor a descubrirse: "Pereat dies in qua natus sum", etc.:

*Perezca el primero día
en que yo nací a la tierra,
y la noche en que el varón
fue concebido perezca.
Vuélvase aquel día triste
en miserables tinieblas,
no le alumbre más la luz
ni tenga Dios con él cuenta.
Tenebroso torbellino
aquella noche posea,
no esté entre los días del año
ni entre los meses la tengan.
Indigna sea de alabanza,
solitaria siempre sea,
maldíganla los que el día
maldicen con voz soberbia,
los que para levantar
a Leviatán se aparejan,
y con sus escuridades
se escurecen las estrellas.
Espere la luz hermosa
y nunca clara luz vea,
ni el nacimiento rosado
de la aurora envuelta en perlas,
porque no cerró del vientre
que a mí me trujo las puertas,
y porque mi sepultura
no fue mi cuna primera.*

Entre estas demandas y respuestas, fatigado y combatido (sospecho que fue cortesía del sueño piadoso más que de natural) me quedé dormido. Luego que, desembarazada, el alma se vio ociosa sin la traba de los sentidos exteriores, me embistió desta manera la comedia siguiente, y así la recitaron mis potencias a escuras siendo yo para mis fantasías auditorio y teatro.

Fueron entrando unos médicos a caballo en unas mulas que con gualdrapas negras parecían tumbas con orejas. El paso era divertido, torpe y desigual, de manera que los dueños iban encima en mareta y algunos vaivenes de serradores. La vista asquerosa de puro pasear los ojos por orinales y servicios; las bocas emboscadas en barbas, que apenas se las hallara un braco; sayos con resabios de vaqueros; guantes en enfusión, doblados como los que curan; sortijón en el pulgar, con piedra tan grande que cuando toma el pulso pronostica al enfermo la losa. Eran estos en gran número, y todos rodeados de platicantes que cursan en lacayos, y tratando más con las mulas que con los dotores se graduaron de médicos. Yo, viéndolos, dije:

-Si destos se hacen estos otros, no es mucho que estos otros nos deshagan a nosotros.

Alrededor venía gran chusma y caterva de boticarios, con espátulas desenvainadas y jeringas en ristre, armados de cala en parche como de punta en blanco. Los medicamentos que estos venden, aunque estén caducando en las redomas de puro añejos y los socrocios tengan telarañas, los dan; y así son medicinas redomadas las suyas. El clamor del que muere empieza en el almirez del boticario, va al pasacalles del barbero, paséase por el tablado de los guantes del dotor y acábase en las campanas de la iglesia. No hay gente más fiera que estos boticarios; son armeros de los dotores; ellos les dan armas. No hay cosa suya que no tenga achaques de guerra y que no aluda a armas ofensivas: jarabes que antes les sobran letras para jara que les falten; botes se dicen los de pica; espátulas son espadas en su lengua; píldoras son balas; clísteris y melecinas cañones, y así se llaman cañón de melecina. Y bien mirado, si así se toca la tecla de las purgas, sus tiendas son purgatorios y ellos los infiernos, los enfermos los condenados y los médicos los diablos; y es cierto que son diablos los médicos, pues unos y otros andan tras los malos y huyen de los buenos, y todo su fin es que los buenos sean malos y que los malos no sean buenos jamás.

Venían todos vestidos de recetas y coronados de reales erres asaeteadas con que empiezan las recetas. Y consideré que los dotores hablan a los boticarios diciendo "Recipe", que quiere decir recibe. De la misma suerte habla la mala madre a la hija y la codicia al mal ministro. ¡Pues decir que en la receta hay otra cosa que erres asaeteadas por delincuentes, y luego "ana, ana", que juntas hacen un Annás para condenar a un justo! Síguense uncias y más onzas: ¡qué alivio para desollar un cordero enfermo! Y luego ensartan nombres de simples que parecen invocaciones de demonios: buphthalmos, opopanax, leontopetalon, tragoriganum, potamogeton, senipugino, diacathalicon, petroselinum, scilla, rapa. Y sabido qué quiere decir esta espantosa barahúnda de voces tan rellenas de letrones, son zanahoria, rábanos y perejil, y otras suciedades. Y como han oído decir que quien no te conoce te compre, disfrazan las legumbres porque no sean conocidas y las compren los enfermos. Elingatis dicen lo que es lamer, catapotia las píldoras, clíster la melecina, glans o balanus la cala, errhina moquear. Y son tales los nombres de sus recetas y tales sus medicinas, que las más veces de asco de sus porquerías y hediondeces con que persiguen a los enfermos, se huyen las enfermedades.

¿Qué dolor habrá de tan mal gusto que no se huya de los tuétanos por no aguardar el emplastro de Guillén Servén, y verse convertir en baúl una pierna o muslo donde él está? Cuando vi a estos y a los dotores, entendí cuán mal se dice para notar diferencia aquel asqueroso refrán: "Mucho va del c... al pulso", que antes no va nada, y solo van los médicos, pues inmediatamente desde él van al servicio y al orinal a preguntar a los meados lo que no saben, porque Galeno los remitió a la cámara y a la orina, y como si el orinal les hablase al oído, se le llegan a la oreja avahándose los barbones con su niebla. ¡Pues verles hacer que se entienden con la cámara por señas, y tomar su parecer al bacín y su dicho a la hedentina! No les esperara un diablo. ¡Oh, malditos pesquisidores contra la vida, pues ahorcan con el garrotillo, degüellan con sangrías, azotan con ventosas, destierran las almas, pues las sacan de la tierra de sus cuerpos sin alma y sin conciencia!

Luego se seguían los cirujanos cargados de pinzas, tientas y cauterios, tijeras, navajas, sierras, limas, tenazas y lancetones; entre ellos se oía una voz muy dolorosa a mis oídos, que decía:

-Corta, arranca, abre, asierra, despedaza, pica, punza, ajigota, rebana, descarna y abrasa.

Diome gran temor, y más verlos el paloteado que hacían con los cauterios y tientas. Unos güesos se me querían entrar de miedo dentro de otros; híceme un ovillo.

En tanto, vinieron unos demonios con unas cadenas de muelas y dientes, haciendo bragueros, y en esto conocí que eran sacamuelas, el oficio más maldito del mundo, pues no sirven sino de despoblar bocas y adelantar la vejez. Estos, con las muelas ajenas, y no ver diente que no quieran ver antes en su collar que en las quijadas, desconfían a las gentes de Santa Polonia, levantan testimonios a las encías y desempiedran las bocas. No he tenido peor rato que tuve en ver sus gatillos andar tras los dientes ajenos, como si fueran ratones, y pedir dineros por sacar una muela, como si la pusieran.

-¿Quién vendrá acompañado desta maldita canalla?-decía yo; y me parecía que aun el diablo era poca cosa para tan maldita gente, cuando veo venir gran ruido de guitarras. Alegréme un poco. Tocaban todos pasacalles y vacas.

-¡Que me maten si no son barberos esos que entran!

No fue mucha habilidad el acertar, que esta gente tiene pasacalles infusos y guitarra gratisdata. Era de ver puntear a unos y rasgar a otros. Yo decía entre mí:

-¡Dolor de barba, que ensayada en saltarenes se ha de ver rapar, y del brazo que ha de recibir una sangría pasada por chaconas y folías!

Consideré que todos los demás ministros del martirio, inducidores de la muerte, que estaban en mala moneda y eran oficiales de vellón y hierro viejo, y que solo los barberos se habían trocado en plata; y entretúveme en verlos manosear una cara, sobajar otra, y lo que se huelgan con un testuz en el lavatorio.

Luego comenzó a entrar una gran cantidad de gente. Los primeros eran habladores; parecían azudas en conversación, cuya música era peor que la de órganos destemplados. Unos hablaban de hilván, otros a borbotones, otros a chorretadas; otros habladorísimos hablan a cántaros, gente que parece que lleva pujo de decir necedades, como si hubiera tomado alguna purga confecionada de hojas de Calepino de ocho lenguas. Estos me dijeron que eran habladores diluvios, sin escampar de día ni de noche, gente que habla entre sueños y que madruga a hablar. Había habladores secos y habladores que llaman del río o del rocío y de la espuma, gente que graniza de perdigones. Otros que llaman tarabilla, gente que se va de palabras como de cámaras, que hablan a toda furia. Había otros habladores nadadores, que hablan nadando con los brazos hacia todas partes y tirando manotadas y coces. Otros, jimios, haciendo gestos y visajes. Venían los unos consumiendo a los otros.

Síguense los chismosos, muy solícitos de orejas, muy atentos de ojos, muy encarnizados de malicia, y andaban hechos uñas de las vidas ajenas, espulgándolos a todos. Venían tras ellos los mentirosos contentos, muy gordos, risueños y bien vestidos y medrados, que no teniendo otro oficio, son milagro del mundo, con un gran auditorio de mentecatos y ruines.

Detrás venían los entremetidos, muy soberbios y satisfechos y presumidos, que son las tres lepras de la honra del mundo. Venían injiriéndose en los otros y penetrándose en todo, tejidos y enmarañados en cualquier negocio. Son lapas de la ambición y pulpos de la prosperidad. Estos venían los postreros, según pareció, porque no entró en gran rato nadie. Pregunté que cómo venían tan apartados, y dijéronme unos habladores (sin preguntarlo yo a ellos):

-Estos entremetidos son la quintaesencia de los enfadosos, y por eso no hay otra cosa peor que ellos.

En esto estaba yo considerando la diferencia tan grande del acompañamiento, y no sabía imaginar quién pudiese venir.

En esto entró una que parecía mujer, muy galana y llena de coronas, cetros, hoces, abarcas, chapines, tiaras, caperuzas, mitras, monteras, brocados, pellejos, seda, oro, garrotes, diamantes, serones, perlas y guijarros. Un ojo abierto y otro cerrado, vestida y desnuda de todas colores; por el un lado era moza y por el otro era vieja; unas veces venía despacio y otras aprisa; parecía que estaba lejos y estaba cerca, y cuando pensé que empezaba a entrar estaba ya a mi cabecera. Yo me quedé como hombre que le preguntan qué es cosi y cosa, viendo tan extraño ajuar y tan desbaratada compostura. No me espantó; suspendióme, y no sin risa, porque bien mirado era figura donosa. Preguntéle quién era y díjome:

-La Muerte.

-¿La Muerte?

Quedé pasmado, y apenas abrigué en el corazón algún aliento para respirar, y muy torpe de lengua, dando trasijos con las razones, la dije:

-¿Pues a qué vienes?

-Por ti -dijo.

-¡Jesús mil veces! Muérome, según eso.

-No te mueres-dijo ella-. Vivo has de venir conmigo a hacer una visita a los difunctos, que pues han venido tantos muertos a los vivos, razón será que vaya un vivo a los muertos y que los muertos sean oídos. ¿Has oído decir que yo ejecuto sin embargo? Alto; ven conmigo.

Perdido de miedo le dije:

-¿No me dejarás vestir?

-No es menester -respondió-, que conmigo nadie va vestido, ni soy embarazosa. Yo traigo los trastos de todos, porque vayan más ligeros.

Fui con ella donde me guiaba, que no sabré decir por dónde, según iba poseído del espanto. En el camino la dije:

-Yo no veo señas de la muerte, porque a ella nos la pintan unos huesos descarnados con su guadaña.

Paróse y respondió:

-Eso no es la muerte, sino los muertos o lo que queda de los vivos. Esos huesos son el dibujo sobre que se labra el cuerpo del hombre; la muerte no la conocéis, y sois vosotros mismos vuestra muerte, tiene la cara de cada uno de vosotros y todos sois muertes de vosotros mismos; la calavera es el muerto y la cara es la muerte y lo que llamáis morir es acabar de morir y lo que llamáis nacer es empezar a morir y lo que llamáis vivir es morir viviendo, y los huesos es lo que de vosotros deja la muerte y lo que le sobra a la sepultura. Si esto entendiérades así, cada uno de vosotros estuviera mirando en sí su muerte cada día y la ajena en el otro, y viérades que todas vuestras casas están llenas della y que en vuestro lugar hay tantas muertes como personas, y no la estuviérades aguardando, sino acompañándola y disponiéndola. Pensáis que es huesos la muerte y que hasta que veáis venir la calavera y la guadaña no hay muerte para vosotros, y primero sois calavera y huesos que creáis que lo podéis ser.

-Dime -dije yo-: ¿qué significan estos que te acompañan, y por qué van, siendo tú la muerte, más cerca de tu persona los enfadosos y habladores que los médicos?

Respondióme:

-Mucha más gente enferma de los enfadosos que de los tabardillos y calenturas, y mucha más gente matan los habladores y entremetidos que los médicos. Y has de saber que todos enferman del exceso o destemplanza de humores, pero lo que es morir, todos mueren de los médicos que los curan, y así no habéis de decir cuando preguntan: ¿de qué murió fulano?, "De calentura, de dolor de costado, de tabardillo, de peste, de heridas", sino "Murió de un dotor Tal que le dio, de un dotor Cual". Y es de advertir que en todos los oficios, artes y estados se ha introducido el don, en hidalgos, en villanos, y en frailes, como se ve en la Cartuja; yo he visto sastres y albañiles con don, y ladrones y galeotes en galeras. Pues si se mira en las sciencias, clérigos, millares; teólogos, muchos; y letrados, todos. Solo de los médicos ninguno ha habido con don, y todos tienen don de matar y quieren más don al despedirse que don al llamarlos.

En esto llegamos a una sima grandísima, la Muerte predicadora y yo desengañado. Zabullóse sin llamar, como de casa, y yo tras ella, animado con el esfuerzo que me daba mi conocimiento tan valiente. Estaban a la entrada tres bultos armados a un lado y otro monstruo terrible enfrente, siempre combatiendo entre sí todos y los tres con el uno y el uno con los tres. Paróse la Muerte y díjome:

-¿Conoces esta gente?

-Ni Dios me la deje conocer -dije yo.

-Pues con ellos andas a las vueltas-dijo ella- desde que nacistes; mira cómo vives -replicó-: estos son los tres enemigos del alma: el Mundo es aquel, este es el Diablo y aquella la Carne.

Y es cosa notable que eran todos parecidos unos a otros, que no se diferenciaban. Díjome la Muerte:

-Son tan parecidos que en el mundo tenéis a los unos por los otros; así que quien tiene el uno tiene a todos tres. Piensa un soberbio que tiene todo el mundo y tiene al diablo; piensa un lujurioso que tiene la carne y tiene al demonio, y ansí anda todo.

-¿Quién es -dije yo- aquel que está allí apartado haciéndose pedazos con estos tres, con tantas caras y figuras?

-Ese es -dijo la Muerte- el Dinero, que tiene puesto pleito a los tres enemigos del alma, diciendo que quiere ahorrar de émulos, y que a donde él está no son menester, porque él solo es todos los tres enemigos. Y fúndase para decir que el dinero es el Diablo en que todos decís "diablo es el dinero", y que "lo que no hiciere el dinero no lo hará el diablo", "endiablada cosa es el dinero". Para ser el Mundo dice que vosotros decís que "no hay más mundo que el dinero", "quien no tiene dinero váyase del mundo", al que le quitan el dinero decís que le echen del mundo, y que "todo se da por el dinero". Para decir que es la Carne el dinero, dice el Dinero: "Dígalo la carne", y remítese a las putas y mujeres malas, que es lo mismo que interesadas.

-No tiene mal pleito el Dinero -dije yo- según se platica por allá.

Con esto nos fuimos más abajo, y antes de entrar por una puerta muy chica y lóbrega, me dijo:

-Estos dos que saldrán aquí conmigo son las Postrimerías.

Abrióse la puerta, y estaban a un lado el Infierno y al otro el Juicio (así me dijo la Muerte que se llamaban). Estuve mirando al Infierno con atención y me pareció notable cosa. Díjome la Muerte:

-¿Qué miras?

-Miro -respondí- al Infierno, y me parece que le visto otras veces.

-¿Dónde?-preguntó.

-¿Dónde?-dije-. En la codicia de los jueces, en el odio de los poderosos, en las lenguas de los maldicientes, en las malas intenciones, en las venganzas, en el apetito de los lujuriosos, en la vanidad de los príncipes, y donde cabe el Infierno todo sin que se pierda gota, es en la hipocresía de los mohatreros de las virtudes, que hacen logro del ayuno y del oír misas. Y lo que más he estimado es haber visto el Juicio, porque hasta agora he vivido engañado, y agora que veo al Juicio como es, echo de ver que el que hay en el mundo no es juicio ni hay hombre de juicio, y que hay muy poco juicio en el mundo. ¡Pesia tal!-decía yo-; si deste juicio hubiera allá, no digo parte, sino nuevas creídas, sombra o señas, otra cosa fuera. Si los que han de ser jueces han de tener deste juicio, buena anda la cosa en el mundo; miedo me da de tornar arriba viendo que siendo este el Juicio se está aquí casi entero, y qué poca parte está repartida entre los vivos. Más quiero muerte con juicio que vida sin él.

Con esto bajamos a un grandísimo llano, donde parecía estaba depositada la obscuridad para las noches. Díjome la Muerte:

-Aquí has de parar, que hemos llegado a mi tribunal y audiencia.

Aquí estaban las paredes colgadas de pésames; a un lado estaban las malas nuevas ciertas y creídas y no esperadas; el llanto en las mujeres engañoso, engañado en los amantes, perdido de los necios y desacreditado en los pobres; el dolor se había desconsolado y creído, y solos los cuidados estaban solícitos y vigilantes, hechos carcomas de reyes y príncipes, alimentándose de los soberbios y ambiciosos. Estaba la Envidia con hábito de viuda, tan parecida a dueña, que la quise llamar Álvarez o González, en ayunas de todas las cosas, cebada en sí misma, magra y exprimida. Los dientes (con andar siempre mordiendo de lo mejor y de lo bueno) los tenía amarillos y gastados, y es la causa que lo bueno y santo, para morderlo lo llega a los dientes, mas nada bueno le puede entrar de los dientes adentro. La Discordia estaba debajo della, como que nacía de su vientre, y creo que es su hija legítima. Esta, huyendo de los casados, que siempre andan a voces, se había ido a las comunidades y colegios, y viendo que sobraba en ambas partes, se fue a los palacios y cortes, donde es lugartiniente de los diablos. La Ingratitud estaba en un gran horno, haciendo de una masa de soberbios y odios, demonios nuevos cada momento. Holguéme de verla porque siempre había sospechado que los ingratos eran diablos, y caí entonces en que los ángeles, para ser diablos, fueron primero ingratos. Andaba toda hirviendo de maldiciones.

-¿Quién diablos -dije yo- está lloviendo maldiciones aquí?

Díjome un muerto que estaba a mi lado:

-¿Maldiciones queréis que falten donde hay casamenteros y sastres, que son la gente más maldita del mundo, pues todos decís "¡Malhaya quien me casó!", "¡Malhaya quien con vos me juntó!", y los más "¡Mal haya quien me vistió!"?

-¿Qué tiene que ver -dije yo- sastres y casamenteros en la audiencia de la Muerte?

-¡Pesia tal!-dijo el muerto, que era impaciente-; ¿estáis loco? Que si no hubiera casamenteros, hubiera la mitad de los muertos y desesperados. A mí me lo decid, que soy marido cinco, como bolo, y se me quedó allá la mujer y piensa acompañarme con otros diez. ¿Pues sastres? ¿A quién no matarán las mentiras y largas de los sastres, y hurtos? Y son tales que para llamar a la desdicha peor nombre, la llaman desastre, del de sastre, y es el principal miembro deste tribunal que aquí veis.

Alcé los ojos y vi la Muerte en su trono y a los lados muchas muertes. Estaba la muerte de amores, la muerte de frío, la muerte de hambre, la muerte de miedo y la muerte de risa, todas con diferentes insignias. La muerte de amores estaba con muy poquito seso. Tenía, por estar acompañada, porque no se le corrompiesen por la antigüedad, a Píramo y Tisbe embalsamados, y a Leandro y Hero y a Macías en cecina, y algunos portugueses derritidos. Mucha gente vi que estaba ya para acabar debajo de su guadaña y a puros milagros del interés resuscitaban. En la muerte de frío vi a todos los obispos y prelados y a los más ecclesiásticos, que como no tienen mujer ni hijos ni sobrinos que los quieran, sino a sus haciendas, estando malos cada uno carga en lo que puede, y mueren de frío. La muerte de miedo estaba la más rica y pomposa y con acompañamiento más magnífico, porque estaba toda cercada de gran número de tiranos y poderosos, por quien se dijo: Fugit impius, nemine persequente. Estos mueren a sus mismas manos y sus sayones son sus conciencias y ellos son verdugos de sí mismos, y solo un bien hacen en el mundo, que matándose a sí de miedo, recelo y desconfianza, vengan de sí propios a los innocentes. Estaban con ellos los avarientos, cerrando cofres y arcones y ventanas, enlodando resquicios, hechos sepulturas de sus talegos y pendientes de cualquier ruido del viento, los ojos hambrientos de sueño, las bocas quejosas de las manos, las almas trocadas en plata y oro. La muerte de risa era la postrera, y tenía un grandísimo cerco de confiados y tarde arrepentidos. Gente que vive como si no hubiere justicia y muere como si no hubiere misericordia. Estos son los que diciéndoles: "Restituid lo mal llevado", dicen: "Es cosa de risa"; "Mirad que estáis viejo y que ya no tiene el pecado qué roer en vos: dejad la mujercilla que embarazáis inútil, que cansáis enfermo; mirad que el mismo diablo os desprecia ya por trasto embarazoso y la misma culpa tiene asco de vos", responden: "Es cosa de risa", y que nunca se sintieron mejores. Otros hay que están enfermos, y exhortándolos a que hagan testamento, que se confiesen, dicen que se sienten buenos y que han estado de aquella manera mil veces. Estos son gente que están en el otro mundo y aún no se persuaden a que son difuntos. Maravillóme esta visión, y dije, herido del dolor y conocimiento:

-¿Diónos Dios una vida sola y tantas muertes?; ¿de una manera se nace y de tantas se muere? Si yo vuelvo al mundo, yo procuraré empezar a vivir.

En esto estaba cuando se oyó una voz que dijo tres veces:

-¡Muertos, muertos, muertos!

Con eso se rebulló el suelo y todas las paredes, y empezaron a salir cabezas y brazos y bultos extraordinarios. Pusiéronse en orden con silencio.

-Hablen por su orden -dijo la Muerte.

Luego salió uno con grandísima cólera y priesa, y se vino para mí, que entendí que me quería maltratar, y dijo:

-¡Vivos de Satanás!: ¿qué me queréis, que no me dejáis, muerto y consumido? ¿Qué os he hecho, que sin tener parte en nada, me disfamáis en todo y me echáis la culpa de lo que no sé?

-¿Quién eres -le dije con una cortesía temerosa- que no te entiendo?

-Soy yo -dijo- el malaventurado Joan de la Encina, el que habiendo muchos años que estoy aquí, toda la vida andáis, en haciéndose un disparate o en diciéndole vosotros, diciendo: "No hiciera más Joan de la Encina", "Daca los disparates de Joan de la Encina". Habéis de saber que para hacer y decir disparates todos los hombres sois Joan de la Encina, y que este apellido de Encina es muy largo en cuanto a disparates. Pero pregunto si yo hice los testamentos en que dejáis que otros hagan por vuestra alma lo que no habéis querido hacer. ¿He porfiado con los poderosos? ¿Teñíme la barba por no parecer viejo? ¿Fui viejo sucio y mentiroso? ¿Enamoréme con mi dinero? ¿Llamé favor el pedirme lo que tenía y el quitarme lo que no tenía? ¿Entendí yo que sería bueno para mí el que a mi intercesión fue ruin con otro que se fió dél? ¿Gasté yo la vida en pretender con qué vivir, y cuando tuve con qué no tuve vida que vivir? ¿Creí las sumisiones del que me hubo menester? ¿Caséme por vengarme de mi amiga? ¿Fui yo tan miserable que gastase un real segoviano en buscar un cuarto incierto? ¿Pudríme de que otro fuese rico o medrase? ¿He creído las apariencias de la fortuna? ¿Tuve yo por dichosos a los que al lado de los príncipes dan toda la vida por una hora? ¿Heme preciado de hereje y de mal reglado en todo y peor contento, porque me tengan por entendido? ¿Fui desvergonzado por campear de valiente? Pues si Joan de la Encina no ha hecho nada desto, ¿qué necedades hizo este pobre de Joan de la Encina? Pues en cuanto a decir necedades, ¡sacadme un ojo con una! ¡Ladrones, que llamáis disparates los míos y parates los vuestros! Pregunto yo: ¿Juan de la Encina fue acaso el que dijo "haz bien y no cates a quién"?, siendo contra el Espíritu Santo, que dice "Si bene feceris scito cui feceris, et erit gratia in bonis tuis multa", si hicieres bien, mira a quién. ¿Fue Joan de la Encina quien, para decir que uno era malo, dijo "es hombre que ni teme ni debe", habiendo de decir que "ni teme ni paga", pues es cierto que la mejor señal de ser bueno es ni temer ni deber y la mayor de la maldad ni temer ni pagar? ¿Dijo Joan de la Encina "de los pescados el mero, de las carnes el carnero, de las aves la perdiz, de las damas Beatriz"? No lo dijo, porque él no dijera sino "de las carnes, la mujer; de los pescados, el carnero; de las aves, la Ave María, y después la presentada; de las damas, la más barata". Mirá si es desbaratado Joan de la Encina. No prestó sino paciencia, no dio sino pesadumbre; él no gastaba con los hombres que piden dinero ni con las mujeres que piden matrimonio. ¿Qué necedades pudo hacer Joan de la Encina, desnudo por no tratar con sastres, que se dejó quitar la hacienda por no haber de menester letrados, que se murió antes de enfermo que de curado para ahorrarse el médico? Solo un disparate hizo, que fue, siendo calvo, quitar a nadie el sombrero, pues fuera menos mal ser descortés que calvo, y fuera mejor que le mataran a palos porque no quitaba el sombrero, que no a apodos porque era calvario. Y si por hacer una necedad anda Joan de la Encina por todos esos púlpitos y cátredas con votos, gobiernos y estados, enhoramala para ellos, que todo el mundo es monte y todos son Encinas.

En esto estábamos cuando, muy estirado y con gran ceño, emparejó otro muerto conmigo, y dijo:

-Volved acá la cara, no penséis que habláis con Joan de la Encina.

-¿Quién es v. m. -dije yo-, que con tanto imperio habla, y donde todos son iguales presume diferencia?

-Yo soy -dijo- el Rey que rabió. Y si no me conocéis, por lo menos no podéis dejar de acordaros de mí, porque sois los vivos tan endiablados, que a todo decís que se acuerda del Rey que rabió, y en habiendo un paredón viejo, un muro caído, una gorra calva, un ferragüelo lampiño, un trapajo rancio, un vestido caduco, una mujer manida de años y rellena de siglos, luego decís que se acuerda del Rey que rabió. No ha habido tan desdichado rey en el mundo, pues no se acuerdan dél sino vejeces y harapos, antigüedades y visiones, y ni ha habido rey de tan mala memoria ni tan asquerosa, ni tan carroña, ni tan caduca, carcomida y apolillada. Han dado en decir que rabié y juro a Dios que mienten, sino que han dado todos en decir que rabié y no tiene ya remedio, y no soy yo el primero rey que rabió, ni el solo, que no hay rey ni le ha habido ni le habrá, a quien no levanten que rabie. Ni sé yo cómo pueden dejar de rabiar todos los reyes, porque andan siempre mordidos por las orejas de envidiosos y aduladores que rabian.

Otro que estaba al lado del Rey que rabió, dijo:

-V. m. se consuele conmigo, que soy el Rey Perico, y no me dejan descansar de día ni de noche. No hay cosa sucia ni desaliñada, ni pobre, ni antigua, ni mala, que no digan que fue en tiempo del Rey Perico. Mi tiempo fue mejor que ellos pueden pensar. Y para ver quién fui yo y mi tiempo, y quién son ellos, no es menester más que oíllos, porque en diciendo a una doncella ahora la madre: "Hija, las mujeres bajar los ojos y mirar a la tierra y no a los hombres", responden: "Eso fue en tiempo del Rey Perico; los hombres han de mirar a la tierra, pues fueron hechos della, y las mujeres al hombre, pues fueron hechas dél". Si un padre dice a un hijo: "No jures, no juegues, reza las oraciones cada mañana, persígnate en levantándote, echa la bendición a la mesa", dice que eso se usaba en tiempo del Rey Perico y que ahora le tendrán por un maricón si sabe persignarse, y se reirán dél si no jura y blasfema, porque en nuestros tiempos más tienen por hombre al que jura que al que tiene barbas.

Al que acabó de decir esto se llegó un muertecillo muy agudo, y sin hacer cortesía, dijo:

-Basta lo que han hablado, que somos muchos, y este hombre vivo está fuera de sí y aturdido.

-No dijera más Mateo Pico.

-¡Y vengo a eso solo! Pues, bellaco vivo, ¿qué dijo Mateo Pico, que luego andáis si dijera más, no dijera más? ¿Cómo sabéis que no dijera más Mateo Pico? Dejadme tornar a vivir sin tornar a nacer, que no me hallo bien en barrigas de mujeres, que me han costado mucho, y veréis si digo más, ladrones vivos. Pues si yo viera vuestras maldades, vuestras tiranías, vuestras insolencias, vuestros robos, ¿no dijera más? Dijera más y más, y dijera tanto que enmendárades el refrán, diciendo: "Más dijera Mateo Pico". Aquí estoy, y digo más, y avisad desto a los habladores de allá, que yo apelo deste refrán con las mil y quinientas.

Quedé confuso de mi inadvertencia y desdicha en topar con el mismo Mateo Pico. Era un hombrecillo menudo, todo chillido, que parecía que rezumaba de palabras por todas sus conjunturas, zambo de ojos y bizco de piernas, y me parece que le he visto mil veces en diferentes partes.

Quitóse de delante y descubrióse una grandísima redoma de vidrio; dijéronme que llegase, y vi un jigote que se bullía en un ardor terrible y andaba danzando por todo el garrofón, y poco a poco se fueron juntando unos pedazos de carne y unas tajadas, y desta se fue componiendo un brazo, y un muslo, y una pierna, y al fin se coció y enderezó un hombre entero. De todo lo que había visto y pasado me olvidé, y esta visión me dejó tan fuera de mí que no diferenciaba de los muertos.

-¡Jesús mil veces!-dije-. ¿Qué hombre es este, nacido en guisado, hijo de una redoma?

En esto oí una voz que salía de la vasija, y dijo:

-¿Qué año es este?

-De seiscientos y veinte y dos-respondí.

-Este año esperaba yo.

-¿Quién eres -dije-, que parido de una redoma, hablas y vives?

-¿No me conoces?-dijo- ¿La redoma y las tajadas no te advierten que soy aquel famoso nigromántico de Europa? ¿No has oído decir que me hice tajadas dentro de una redoma para ser inmortal?

-Toda mi vida lo he oído decir -le respondí- mas túvelo por conversación de la cuna y cuento de entre dijes y babador. ¿Que tú eres? Yo confieso que lo más que llegué a sospechar fue que eres algún alquimista que penabas en esa redoma, o algún boticario. Todos mis temores doy por bien empleados por haberte visto.

-Sábete -dijo- que mi nombre no fue del título que me da la ignorancia, aunque tuve muchos. Solo te digo que estudié y escribí muchos libros, y los míos quemaron, no sin dolor de los doctos.

-Si me acuerdo -dije yo-, oído he decir que estás enterrado en un convento de religiosos, mas hoy me he desengañado.

-Ya que has venido aquí -dijo- desatapa esa redoma.

Yo empecé a hacer fuerza y a desmoronar tierra con que estaba enlodado el vidrio de que era hecha, y díjome:

-Espera. Dime primero, ¿hay mucho dinero en España?; ¿en qué opinión está el dinero, qué fuerza alcanza, qué crédito, qué valor?

Respondíle:

-No han descaecido las flotas de las Indias, aunque Génova ha echado unas sanguijuelas desde España al Cerro del Potosí, con que se van restañando las venas, y a chupones se empezaron a secar las minas.

-¿Ginoveses andan a la sacapela con el dinero?-dijo él-. Vuélvome jigote. Hijo mío, los ginoveses son lamparones del dinero, enfermedad que procede de tratar con gatos; y véese que son lamparones porque solo el dinero que va a Francia no admite ginoveses en su comercio. ¿Salir tenía yo, andando esos usagres de bolsas por las calles? No digo yo hecho jigote en redoma, sino hecho polvos en salvadera quiero estar antes que verlos hechos dueños de todo.

-Señor nigromántico -repliqué yo-, aunque esto es ansí, han dado en adolecer de caballeros en teniendo caudal, úntanse de señores y enferman de príncipes, y con esto y los gastos y empréstitos, se apolilla la mercancía y se viene todo a repartir en deudas y locuras, y ordena el demonio que las putas vendan las rentas reales dellos, porque los engañan, los enferman, los enamoran, los roban, y después los hereda el Consejo de Hacienda. La verdad adelgaza y no quiebra: en esto se conoce que los ginoveses no son verdad, porque adelgazan y quiebran.

-Animado me has -dijo- con eso. Dispondréme a salir desta vasija como primero me digas en qué estado está la honra en el mundo.

-Mucho hay que decir en esto -le respondí yo-; tocado has una tecla del diablo. Todos tienen honra y todos son honrados y todos lo hacen todo caso de honra. Hay honra en todos los estados, y la honra se está cayendo de su estado y parece que está ya siete estados debajo de tierra. Si hurtan dicen que por conservar esta negra honra, y que quieren más hurtar que pedir. Si piden dicen que por conservar esta negra honra, y que es mejor pedir que no hurtar. Si levantan un testimonio, si matan a uno, lo mismo dicen, que un hombre honrado antes se ha de dejar morir entre dos paredes que sujetarse a nadie, y todo lo hacen al revés. Y al fin, en el mundo todos han dado en la cuenta, y llaman honra a la comodidad, y con presumir de honrados y no serlo, se ríen del mundo.

-Considérome yo a los hombres con unas honras títires que chillan, bullen y saltan, que parecen honras y mirado bien son andrajos y palillos. El no decir verdad será mérito; el embuste y la trapaza, caballería; y la insolencia, donaire. Honrados eran los españoles cuando podían decir deshonestos y borrachos a los extranjeros, mas andan diciendo aquí malas lenguas que ya en España ni el vino se queja de mal bebido ni los hombres mueren de sed. En mi tiempo no sabía el vino por dónde subía a las cabezas y agora parece que se sube hacia arriba. Pues los maridos, porque tratamos de honras, considero yo que andarán hechos buhoneros de sus mujeres, alabando cada uno a sus agujas.

-Hay maridos calzadores, que los meten para calzarse la mujer con más descanso, y sacarlos fuera ellos. Hay maridos linternas, muy compuestos, muy lucidos, muy bravos, que vistos de noche y a escuras parecen estrellas, y llegados cerca son candelilla, cuerno y hierro rata por cantidad. Otros maridos hay jeringas, que apartados atraen y llegando se apartan. Pues la cosa más digna de risa es la honra de las mujeres cuando piden su honra, que es pedir lo que dan, y si creemos a la gente y a los refranes, que dicen: "Lo que arrastra honra", la honra del marido son las culebras y las faldas.

-No estoy dos dedos de volverme jigote -dijo el nigromántico- para siempre jamás. No sé qué me sospecho. Dime, ¿hay letrados?

-Hay plaga de letrados -dije yo-. No hay otra cosa sino letrados, porque unos lo son por oficio, otros lo son por presumpción, otros por estudio (y destos pocos), y otros (estos son los más) son letrados porque tratan con otros más ignorantes que ellos (en esta materia hablaré como apasionado), y todos se gradúan de dotores y bachilleres, licenciados y maestros, más por los mentecatos con quien tratan que por las universidades, y valiera más a España langosta perpetua que licenciados al quitar.

-Por ninguna cosa saldré de aquí -dijo el nigromántico-. ¿Eso pasa? Ya yo los temía, y por las estrellas alcancé esa desventura, y por no ver los tiempos que han pasado embutidos de letrados me avecindé en esta redoma, y por no los ver me quedaré hecho pastel en bote.

Repliqué:

-En los tiempos pasados, que la justicia estaba más sana, tenía menos dotores, y hale sucedido lo que a los enfermos, que cuantas más juntas de dotores se hacen sobre él, más peligro muestra y peor le va, sana menos y gasta más. La justicia, por lo que tiene de verdad, andaba desnuda; ahora anda empapelada como especias. Un Fuero Juzgo con su maguer y su cuemo y conusco y faciamus era todas las librerías, y aunque son voces antiguas suenan con mayor propriedad, pues llaman sayón al alguacil, y otras cosas semejantes. Ahora ha entrado una cáfila de Menochios, Surdos y Fabros, Farinacios y Cujacios, consejos y decisiones y responsiones y lectiones y meditaciones, y cada día salen autores, y cada uno con una infinidad de volúmenes: Doctoris Putei In legem 6, volumen 1, 2, 3, 4, 5, 6, hasta 15; Licentiati Abtitis, De usuris; Petri Cusqui, In codigum; Rupis, Bruticarpin, Castani, Montoncanense, De adulterio & parricidio; Cornarano, Rocabruno... Los letrados todos tienen un cimenterio por librería, y por ostentación andan diciendo: "Tengo tantos cuerpos", y es cosa brava que las librerías de los letrados todas son cuerpos sin alma, quizá por imitar a sus amos. No hay cosa en que no os dejen tener razón; solo lo que no dejan tener a las partes es el dinero, que le quieren ellos para sí. Y los pleitos no son sobre si lo que deben a uno se lo han de pagar a él, que eso no tiene necesidad de preguntas y respuestas; los pleitos son sobre que el dinero sea de letrados y del procurador sin justicia, y la justicia, sin dineros, de las partes. ¿Queréis ver qué tan malos son los letrados? Que si no hubiera letrados no hubiera porfías, y si no hubiera porfías no hubiera pleitos, y si no hubiera pleitos no hubiera procuradores, y si no hubiera procuradores no hubiera enredos, y si no hubiera enredos no hubiera delictos, y si no hubiera delictos no hubiera alguaciles, y si no hubiera alguaciles no hubiera cárcel, y si no hubiera cárcel no hubiera jueces, y si no hubiera jueces no hubiera pasión, y si no hubiera pasión no hubiera cohecho: mirad la retahíla de infernales sabandijas que se producen de un licenciadito, lo que disimula una barbaza y lo que autoriza una gorra. Llegaréis a pedir un parecer y os dirán: "Negocio es de estudio. Diga V. M. , que ya estoy al cabo. Habla la ley en propios términos". Toman un quintal de libros, danles dos bofetadas hacia arriba y hacia abajo, y leen de prisa; reméndanle una anexión; luego dan un gran golpe con el libro patas arriba sobre una mesa, muy esparrancado de capítulos.

Dicen: "En el propio caso habla el jurisconsulto. V. M. me deje los papeles, que me quiero poner bien en el hecho del negocio, y téngalo por más que bueno, y vuélvase por acá mañana en la noche, porque estoy escribiendo sobre la tenuta de Trasbarras; mas por servir a V. M. lo dejaré todo". Y cuando al despediros le queréis pagar (que es para ellos la verdadera luz y entendimiento del negocio que han de resolver) dice, haciendo grandes cortesías y acompañamientos: "¡Jesús, señor!", y entre "Jesús" y "señor" alarga la mano, y para gastos de pareceres se emboca un doblón.

-No he de salir de aquí -dijo el nigromántico- hasta que los pleitos se determinen a garrotazos, que en el tiempo que por falta de letrados se determinaban las causas a cuchilladas decían que el palo era alcalde, y de ahí vino "júzguelo el alcalde de palo". Y si he de salir ha de ser solo a dar arbitrio a los reyes del mundo que quien quisiere estar en paz y rico, que pague los letrados a su enemigo, para que lo embelequen y roben y consuman. Dime, ¿hay todavía Venecia en el mundo?

-¿Si la hay?-dije yo-. No hay otra cosa sino Venecia y venecianos.

-¡Oh, doyla al diablo -dijo el nigromántico- por vengarme del mismo diablo, que no sé que pueda darla a nadie sino por hacerle mal. Es república esa que mientras que no tuviere conciencia durará, porque si restituye lo ajeno no les queda nada. Linda gente, la ciudad fundada en el agua, el tesoro y la libertad en el aire, y la deshonestidad en el fuego, y al fin es gente de quien huyó la tierra, y son narices de las naciones y el albañar de las monarquías, por donde purgan las inmundicias de la paz y de la guerra, y el turco los permite por hacer mal a los cristianos y los cristianos por hacer mal a los turcos, y ellos, por poder hacer mal a unos y a otros, no son moros ni cristianos, y así dijo uno dellos mismos, en una ocasión de guerra, para animar a los suyos contra los cristianos: "¡Ea, que antes fuisteis venecianos que cristianos!". Dejemos eso y dime, ¿hay muchos golosos de valimientos de los señores del mundo?

-Enfermedad es -dije yo- esa de que todos los reinos son hospitales.

Y él replicó:

-Antes casas de orates, entendí yo. Mas, según la relación que me haces, no me he de mover de aquí; mas quiero que tú les digas a esas bestias que en albarda tienen la vanidad y ambición, que los reyes y príncipes son azogue en todo. Lo primero, el azogue, si le quieren apretar se va: así sucede a los que quieren tomarse con los reyes más a mano de lo que es razón. El azogue no tiene quietud: así son los ánimos por la continua mareta de negocios. Los que tratan y andan con el azogue, todos andan temblando: así han de hacer los que tratan con los reyes, temblar delante ellos, de respeto y temor, porque si no, es fuerza que tiemblen después hasta que caigan. ¿Quién reina agora en España?, que es la postrera curiosidad que he de saber, que me quiero volver a jigote, que me hallo mejor.

-Murió Filipo III -dije yo.

-Fue santo rey, de virtud incomparable -dijo el nigromántico- según leí yo en las estrellas pronosticado.

-Reina Filipo IV días ha -dije yo.

-¿Eso pasa?-dijo-; ¿que ya ha dado el tercero cuarto para la hora que yo esperaba?

Y diciendo y haciendo subió por la redoma y la trastornó y salió fuera. Iba diciendo y corriendo:

-Más justicia se ha de hacer ahora por un cuarto que en otros tiempos por doce millones.

Yo quise partir tras él, cuando me asió del brazo un muerto, y dijo:

-Déjale ir, que nos tenía con cuidado a todos; y cuando vayas al otro mundo di que Agrajes estuvo contigo, y que se queja que le levantéis "Agora lo veredes". Yo soy Agrajes, mira bien que no he hecho tal, que a mí no se me da nada que ahora ni nunca le veáis, y siempre andáis diciendo: "Agora lo veredes, dijo Agrajes". Solo ahora, que a ti y al de la redoma os oí decir que reinaba Filipo IV, digo que agora lo veredes. Y pues soy Agrajes, "agora lo veredes, dijo Agrajes".

Fuese y púsoseme delante enfrente de mí un hombrecillo que parecía remate de cuchar, con pelo de limpiadera, erizado, bermejizo y pecoso.

-Dígote sastre -dije yo.

Y él, tan presto, dijo:

-Oír, que no pica, pues no soy sino solicitador, y no pongáis nombres a nadie (yo me llamo Arbalias), a unos y a otros sin saber a quién lo decís.

Muy enojado, a mí se llegó un hombre viejo, muy ponderado de testuz, de los que traen canas por vanidad, una gran haz de barbas, ojos a la sombra, muy metidos, frentaza llena de surcos, ceño descontento, vestido que juntando lo extraordinario con el desaliño, hacía misteriosa la pobreza.

-Más de espacio te he menester que Arbalias -me dijo-. Siéntate.

Sentóse y sentéme. Y como si le dispararan de un arcabuz en figura de trasgo se apareció entre los dos otro hombrecillo que parecía astilla de Arbalias, y no hacía sino chillar y bullir. Díjole el viejo con una voz muy honrada:

-Idos a enfadar a otra parte, que luego vendréis.

-Yo también he de hablar -decía, y no paraba.

-¿Quién es este?-pregunté.

Dijo el viejo:

-¿No has caído en quién puede ser? Este es Chisgaravís.

-Ducientos mil destos andáis por Madrid -dije yo-, y no hay otra cosa sino Chisgaravises.

Replicó el viejo:

-Este anda aquí cansando los muertos y a los diablos. Pero déjate deso y vamos a lo que importa. Yo soy Pedro y no Pero Grullo, que quitándome una d en el nombre me hacéis el santo fruta.

Es Dios verdad que cuando dijo Pero Grullo, me pareció que le vía las alas.

-Huélgome de conocerte -repliqué-. ¿Que tú eres el de las profecías que dicen de Pero Grullo?

-A eso vengo -dijo el profeta estantigua-, deso habemos de tratar. Vosotros decís que mis profecías son disparates, y hacéis mucha burla dellas. Estemos a cuentas: las profecías de Pero Grullo, que soy yo, dicen ansí:

Muchas cosas nos dejaron
las antiguas profecías:
dijeron que en nuestros días
será lo que Dios quisiere.

Pues ¡bribones, adormecidos en maldad, infames!, si esta profecía se cumpliera ¿había más que desear? Si fuera lo que Dios quisiere fuera siempre lo justo, lo bueno, lo santo; no fuera lo que quiere el diablo, el dinero y la cudicia, pues hoy lo menos es lo que Dios quiere y lo más lo que queremos nosotros contra su ley; y ahora el dinero es todos los quereres, porque él es el querido y el que quiere y no se hace sino lo que él quiere, y el dinero es el Narciso, que se quiere a sí mismo y no tiene amor sino a sí. Prosigo:

Si lloviere hará lodos,
y será cosa de ver
que nadie podrá correr
sin echar atrás los codos.

Hacedme merced de correr los codos adelante y negadme que esto no es verdad. Diréis que de puro verdad es necedad: ¡buen achaquito, hermanos vivos! La verdad ansí decís que amarga; poca verdad decís que es mentira, muchas verdades que es necedad. ¿De qué manera ha de ser la verdad para que os agrade? Y sois tan necios que no habéis echado de ver que no es tan profecía de Pero Grullo como decís, pues hay quien corra echando los codos adelante, que son los médicos cuando vuelven la mano atrás al recebir el dinero de la visita al despedirse, que toman el dinero corriendo y corren como una mona al que se lo da porque le mate.

Ya estás diciendo entre ti "¿Qué perogrullada es esta?". El que tuviere tendrá -replicó luego-: pues así es, que no tiene el que gana mucho ni el que hereda mucho ni el que recibe mucho; solo tiene el que tiene y no gasta; y quien tiene poco, tiene; y si tiene dos pocos, tiene algo; y si tiene dos algos, más es; y si tiene dos mases, tiene mucho; y si tiene dos muchos, es rico. Que el dinero (y llevaos esta doctrina de Pero Grullo) es como las mujeres, amigo de andar y que le manoseen y le obedezcan, enemigo de que le guarden, que se anda tras los que no le merecen, y al cabo deja a todos con dolor de sus almas, amigo de andar de casa en casa. Y para ver cuán ruin es el dinero (que no parece sino que ha sido cotorrera) habéis de ver a cuán ruin gente le da el Señor (quitando a los profetas), y en esto conoceréis lo que son los bienes deste mundo en los dueños dellos. Echad los ojos por esos mercaderes (sino es que estén allá, pues roban los ojos), mirad esos joyeros, que a persuasión de la locura venden enredos resplandecientes y embustes de colores donde se anegan los dotes de los recién casados. ¿Pues qué, si vais a la platería? No volveréis enteros. Allí cuesta la honra, y hay quien hace creer a un malaventurado que se ciña su patrimonio al dedo, y no sintiendo los artejos el peso, está aullando en su casa. No trato de los pasteleros y sastres, ni de los roperos, que son sastres a Dios y a la ventura y ladrones a diablos y desgracia. Tras estos se anda el dinero, y no tenga asco cualquier bien aliñado de costumbres y pulido de conciencia de comunicarle ningún deseo. Dejemos esto y vamos a la segunda profecía, que dice "Será el casado marido". ¡Vive el cielo de la cama -dijo muy colérico porque hice no sé qué gesto oyendo la grullada- que si no os oís con mesura y si os rezumáis de carcajadas que os pele las barbas! Oíd noramala, que a oír habéis venido, y a aprender. ¿Pensáis que todos los casados son maridos? Pues mentís, que hay muchos casados solteros y muchos solteros maridos, y hay hombre que se casa para morir doncel y doncella que se casa para morir virgen de su marido. Y habéisme engañado, y sois maldito hombre, y aquí han venido mil muertos diciendo que los habéis muerto a puras bellaquerías. Y certifícoos que si no mirara, que os arrancara las narices y los ojos, bellaconazo, enemigo de todas las cosas. Reíos también desta profecía:

¿Veis que parece bobada de Pero Grullo? Pues yo os prometo que si se averiguare esto de los padres, había de haber una confusión de daca mi mayorazgo y toma tu herencia. Hay en esto de las barrigas mucho qué decir, y como los hijos es una cosa que se hace a escuras y sin luz, no hay quien averigüe quién fue concebido a escote ni quién a medias, y es menester creer el parto, y todos heredamos por el dicho del nacer, sin más acá ni más allá. Esto se entiende de las mujeres que meten oficiales, que mi profecía no habla con la gente honrada, si algún maldito como vos no lo tuerce. ¿Cuántos pensáis que el día del juicio conocerán por padre a su paje, a su escudero, a su esclavo y a su vecino, y cuántos padres se hallarán sin decendencia? Allá lo veréis.

-Esta profecía, y las demás -dije yo- no las consideramos allá desta manera; y te prometo que tienen más veras de las que parecen y que oídas en tu boca son de otra suerte. Y confieso que te hacen agravio.

-Pues oye -dijo- otra:

Volaráse con las plumas: pensáis que lo digo por los pájaros y os engañáis, que eso fuera necedad. Dígolo por los escribanos y ginoveses, y estos nos vuelan con las plumas, mas el dinero delante. Y porque vean en el otro mundo que profeticé de los tiempos de ahora, y que hay Pero Grullo para los que vivís, llévate este mendrugo de profecías, que a fe que hay qué hacer en entenderlo.

Fuese y dejóme un papel en que estaban escritos estos ringlones por esta orden:

> *Nació viernes de Pasión*
> *para que zahorí fuera,*
> *y porque en su día muriera*
> *el bueno y el mal ladrón.*
> *Habrá mil revoluciones*
> *entre linajes honrados,*
> *restituirá los hurtados,*
> *castigará los ladrones,*
> *y si quisiere primero*
> *las pérdidas remediar,*
> *lo hará solo con echar*
> *la soga tras el caldero.*
> *Y en estos tiempos que ensarto*
> *veréis, ¡maravilla extraña!,*
> *que se desempeña España*
> *solamente con un cuarto.*
> *Mis profecías mayores*
> *verá cumplidas la ley*
> *cuando fuere cuarto el rey*
> *y cuartos los malhechores.*

Leí con admiración las cinco profecías de Pero Grullo, y estaba meditando en ellas cuando por detrás me llamaron. Volvíme, y era un muerto muy lacio y afligido, muy blanco y vestido de blanco, y dijo:

-Duélete de mí, y si eres buen cristiano, sácame de poder de los cuentos de los habladores y de los ignorantes que no me dejan descansar, y méteme donde quisieres.

Hincóse de rodillas, y despedazándose a bofetadas, lloraba como niño.

-¿Quién eres -dije- que a tanta desventura estás condenado?

-Yo soy -dijo- un hombre muy viejo a quien levantan mil testimonios y achacan mil mentiras; yo soy el Otro, y me conocerás, pues no hay cosa que no lo diga "el Otro", y luego, en no sabiendo cómo dar razón de sí, dicen: "Como dijo el Otro". Yo no he dicho nada, ni despego la boca. En latín me llaman quidam, y por esos libros me hallarás abultando ringlones y llenando cláusulas. Y quiero, por amor de Dios, que vayas al otro mundo y digas cómo has visto al Otro, en blanco, y que no tiene nada escrito, y que no dice nada, ni lo ha de decir ni lo ha dicho, y que desmiente desde aquí a cuantos me citan y achacan lo que no saben, pues soy el autor de los idiotas y el texto de los ignorantes. Y has de advertir que en los chismes me llaman "cierta persona", y en los enredos "no sé quién", y en las cátredas "cierto autor", y todo lo soy el desdichado Otro. Haz esto y sácame de tanta desventura y miseria.

-¿Aún aquí estáis, y no queréis dejar hablar a nadie?-dijo un muerto hablando armado de punta en blanco muy colérico. Y asiéndome del brazo, dijo:

-Oíd acá, y pues habéis venido por estafeta de los muertos a los vivos, cuando vais allá decildes que me tienen muy enfadado todos juntos.

-¿Quién eres?-le pregunté.

-Soy -dijo- Calaínos.

-¿Calaínos eres?-dije-. No sé cómo estás desasnado, porque eternamente dicen: "Cabalgaba Calaínos".

-¿Saben ellos mis cuentos? Mis cuentos fueron muy buenos y muy verdaderos, y no se metan en cuentos conmigo.

-Mucha razón tiene el señor Calaínos -dijo otro que se allegó-, y él y yo estamos muy agraviados. Yo soy Cantipalos, y no hacen sino decir: "El ánsar de Cantipalos, que salía al lobo al camino", y es menester que les digáis que me han hecho del asno ánsar, y que era asno el que yo tenía y no ánsar, y los ánsares no tienen que ver con los lobos, y que me restituyan a mi asno en el refrán y que me le restituyan luego y tomen su ánsar, justicia con costas y para ello, etc.

Con su báculo venía una vieja o espantajo, diciendo:

-¿Quién está allá a las sepulturas?-con una cara hecha de un orejón; los ojos en dos cuévanos de vendimiar; la frente con tantas rayas y de tal color y hechura, que parecía planta de pie; la nariz en conversación con la barbilla, que casi juntándose hacían garra, y una cara de la impresión del grifo; la boca a la sombra de la nariz, de hechura de lamprea, sin diente ni muela, con sus pliegues de bolsa a lo jimio, y apuntándole ya el bozo de las calaveras en un mostacho erizado; la cabeza con temblor de sonajas y la habla danzante; unas tocas muy largas sobre el monjil negro, esmaltando de mortaja la tumba; con un rosario muy largo colgando, y ella corva, que parecía con las muertecillas que colgaban dél que venía pescando calaverillas chicas. Yo, que vi semejante abreviación del otro mundo, dije a grandes voces, pensando que sería sorda:

-¡Ah, señora, ah, madre, ah, tía! ¿Quién sois? ¿Queréis algo?

Ella entonces, levantando el abinitio et ante secula de la cara, y parándose, dijo:

-No soy sorda, ni madre ni tía; nombre tengo y trabajos, y vuestras sinrazones me tienen acabada.

¿Quién creyera que en el otro mundo hubiera presumpción de mocedad, y en una cecina como esta? Llegóse más cerca, y tenía los ojos haciendo aguas, y en el pico de la nariz columpiándose una moquita, por donde echaba un tufo de cimenterio. Díjela que perdonase y pregúntele su nombre. Díjome:

-Yo soy dueña Quintañona.

-¿Que dueñas hay entre los muertos?-dije maravillado-. Bien hacen de pedir cada día a Dios misericordia más que requiescant in pace, descansen en paz; porque si hay dueñas meterán en ruido a todos. Yo creí que las mujeres se morían cuando se volvían dueñas, y que las dueñas no tenían de morir, y que el mundo está condenado a dueña perdurable que nunca se acaba; mas ahora que te veo acá, me desengaño, y me he holgado de verte, porque por allá luego decimos: "Miren la dueña Quintañona, daca la dueña Quintañona".

-Dios os lo pague y el diablo os lleve -dijo-, que tanta memoria tenéis de mí, y sin habello yo de menester. Decí, ¿no hay allá dueñas de mayor número que yo? Yo soy Quintañona. ¿No hay dieciochenas y setentonas? ¿Pues por qué no dais tras ellas y me dejáis a mí, que ha más de ochocientos años que vine a fundar dueñas al infierno, y hasta ahora no se han atrevido los diablos a recibirlas, diciendo que andamos ahorrando penas a los condenados y guardando cabos de tizones, como de velas, y que no habrá cosa cierta en el infierno. Y estoy rogando con mi persona al Purgatorio, y todas las almas dicen en viéndome: "¡Dueña, no por mi casa!". Con el cielo no quiero nada, que las dueñas en no habiendo a quien atormentar y un poco de chisme, perecemos. Los muertos también se quejan de que no los dejo ser muertos como lo habían de ser, y todos me han dejado en mi albedrío si quiero ser dueña en el mundo. Mas quiero estarme aquí, por servir de fantasma en mi estado toda la vida, y no sentada a la orilla de una tarima guardando doncellas, que son más de trabajo que de guardar, pues en viniendo una visita aquel "¡Llamen a la dueña!", y a la pobre dueña todo el día le están dando su recaudo todos; en faltando un cabo de vela "¡Llamen a Álvarez, la dueña le tiene!"; si falta un retacillo de algo: "¡La dueña estaba allí"; que nos tienen por cigüeñas, tortugas y erizos de las casas, que nos comemos las sabandijas; si algún chisme hay: "¡Alto a la dueña!". Y somos la gente más mal aposentada del mundo, porque en el invierno nos ponen en los sótanos, y los veranos en los zaquizamíes. Y lo mejor es que nadie nos puede ver: las criadas porque dicen que las guardamos; los señores porque los gastamos; los criados porque nos guardamos; los de fuera por el coram vobis de responso, y tienen razón, porque ver una de nosotras encaramada sobre unos chapines, muy alta y muy derecha, parecemos túmulo vivo. ¡Pues cuando en una visita de señoras hay conjunción de dueñas! Allí se engendran las angustias y sollozos, de allí proceden las calamidades y plagas, los enredos y embustes, marañas y parlerías, porque las dueñas influyen acelgas y lantejas y pronostican candiles y veladores y tijeras de espabilar. ¡Pues qué cosa es levantarse ocho dueñas como ocho cabos de años o ocho años sin cabo, ensabanadas, y despedirse con unas bocas de tejadillo, con unas hablas sin hueso, dando tabletadas con las encías y, poniéndose cada una a las espaldas de su ama a entristecerlas las asentaderas, bajar trompicando y dando de ojos a donde en una silla entre andas y ataúd, la llevan los pícaros arrastrando. Antes quiero estarme entre muertos y vivos pereciendo, que volver a ser dueña. Pues hubo caminante que preguntando dónde había de parar una noche de invierno yendo a Valladolid, y diciéndole que en un lugar que se llama Dueñas, dijo que si había dónde parar antes o después. Dijéronle que no, y él a esto dijo: "Más quiero parar en la horca que en Dueñas", y se quedó fuera en la picota. Solo os pido, así os libre Dios de dueñas (y no es pequeña bendición, que para decir que destruirán a uno dicen que le pondrán cual digan dueñas, mirad lo que es decir dueñas), ruégote encarecidamente que hagas que metan otra dueña en el refrán y me dejen descansar a mí, que estoy muy vieja para andar en refranes, y querría más andar en zancos, porque no deja de cansar a una persona andar de boca en boca.

Muy angosto, muy a teja vana las carnes, devanado en un cendal, con unas mangas por greguescos y una esclavina por capa y un soportal por sombrero, amarrado a una espada, se llegó a mí un rebozado y llamóme en la seña de los sombrereros:

-¡Ce, ce!-me dijo.

Yo le respondí luego. Lleguéme a él; entendí que era algún muerto envergonzante. Preguntéle quién era:

-Yo soy el malcosido y peor sustentado don Diego de Noche.

-Más precio haberte visto -dije yo- que a cuanto tengo. ¡Oh, estómago aventurero! ¡Oh, gaznate de rapiña! ¡Oh, panza al trote! ¡Oh, susto de los banquetes! ¡Oh, mosca de los platos! ¡Oh, sacabocados de los señores! ¡Oh, tarasca de los convites y cáncer de las ollas! ¡Oh, sabañón de las cenas! ¡Oh, sarna de los almuerzos! ¡Oh, sarpullido del medio día! No hay otra cosa en el mundo sino confrades, discípulos y hijos tuyos.

-Sea por amor de Dios -dijo don Diego de Noche-.¡Qué me faltaba para oír! Mas en pago de mi paciencia os ruego que os lastiméis, pues en vida siempre andaba cerniendo las carnes el invierno por las picaduras del verano, sin poder hartar estas asentaderas de griguescos, el jubón en pelo sobre las carnes, el más tiempo en ayunas de camisa, siempre dándome por entendido de las mesas ajenas, esforzando con pistos de cerote y ramplones desmayos del calzado, animando a las medias a puras substancias de hilo y aguja. Llegué a estado que, en viéndome calzado de geomancia, porque todas las calzas eran puntos, cansado de andar restañando el ventanaje, me entinté la pierna y dejé correr. No se vio jamás socorrido de pañizuelos mi catarro, que afilando el brazo por las narices, me pavonaba de romadizo, y si acaso alcanzaba algún pañizuelo, poque no le viesen, al sonarme me rebozaba, y haciendo el coco con la capa, tapando el rostro, me sonaba a escuras. En el vestir he parecido árbol, que en el verano me he abrigado y vestido y en el invierno he andado desnudo. No me han prestado cosa que haya vuelto, hasta espada, que dicen que "no hay espada sin vuelta": si todos me las prestasen, todas serían sin vuelta. Y con no haber dicho verdad en toda mi vida, y aborrecídola, decían todos que mi persona era buena para verdad, desnuda y amarga. En abriendo yo la boca, lo mejor que se podía esperar era un bostezo o un parasismo, porque todos esperaban el "déme v. m., présteme, hágame merced", y así estaban armados de respuestas a bergantes, y en despegando los labios, de tropel se oía: "No hay qué dar", "Dios le provea", "Cierto que no tengo", "Yo me holgara", "No hay un cuarto". Y fui tan desdichado que a tres cosas siempre llegué tarde: a pedir prestado llegué siempre dos horas después, y siempre me pagaban con decir que "llegara v. m. dos horas antes, se le prestara ese dinero". A ver los lugares llegué dos años después, y en alabando cualquier lugar me decían: "Agora no vale nada; si v. m. lo viera dos años ha". A conocer y alabar las mujeres hermosas llegué siempre tres años después, y me decían: "Tres años atrás me había v. m. de ver, que vertía sangre por las mejillas". Según esto fuera harto mejor que me llamaran don Diego Después que no don Diego de Noche. ¿Decir que después de muerto descanso? Aquí estoy y no me harto de muerte; los gusanos se mueren de hambre conmigo y yo me como a los gusanos de hambre, y los muertos andan siempre huyendo de mí porque no les pegue el don o les hurte los huesos o les pida prestado, y los diablos se recatan de mí porque no me meta de gorra a calentarme, y ando por estos rincones introducido en telaraña. Hartos don Diegos hay allá de quien pueden echar mano; déjenme con mi trabajo, que no viene muerto que luego no pregunte por don Diego de Noche. Y diles a todos los dones a teja vana, caballeros chirles, hacia hidalgos y casi dones, que hagan bien por mí, que estoy penando en una bigotera de fuego, porque siendo gentilhombre mendicante, caminaba con horma y bigotera a un lado y molde para el cuello y la bula en el otro; y esto y sacar mi sombra, llamaba yo mudar mi casa.

Desapareció aquel caballero visión, y dio gana de comer a los muertos, cuando llegó a mí con la mayor prisa que se ha visto, un hombre alto y flaco, menudo de facciones, de hechura de cerbatana, y sin dejarme descansar, me dijo:

-Hermano, dejaldo todo presto, luego, que os aguardan los muertos que no pueden venir acá, y habéis de ir al instante a oíllos, y a hacer lo que os mandaren sin replicar y sin dilación; luego.

Enfadóme la prisa del diablo del muerto, que no vi hombre más súpito, y dije:

-Señor mío, esto no es Cochitehervite.

-Sí es -dijo muy demudado-; dígoos que yo soy Cochitehervite, y el que viene a mi lado -aunque yo no le había visto- es Trochimochi, que somos más parecidos que el freír y el llover.

Yo que me vi entre Cochitehervitey Trochimochi fui como un rayo donde me llamaban.

Estaban sentadas unas muertas a un lado, y dijo Cochitehervite:

-Aquí está doña Fáfula, Marizápalos y Mari Rabadilla.

Dijo Trochimochi:

-Despachen, señoras, que está detenida mucha gente.

Doña Fáfula dijo:

-Yo soy una mujer muy principal.

-Nosotras somos -dijeron las otras- las desdichadas que vosotros los vivos traéis en las conversaciones disfamadas.

-Por mí no se me da nada -dijo doña Fáfula- pero quiero que sepan que soy mujer de un poeta de comedias que escribió infinitas, y que me dijo un día el papel: "Señora, tanto mejor me hallara en andrajos en los muladares que en coplas en las comedias cuanto no lo sabré encarecer". Fui mujer de mucho valor y tuve con mi marido, el poeta, mil pesadumbres sobre las comedias, auctos y entremeses. Decíale yo que por qué cuando en las comedias un vasallo arrodillado dice al rey "Dame esos pies", responde siempre: "Los brazos será mejor"; que la razón era, en diciendo "dame esos pies" responder "¿con qué andaré yo después?". Sobre la hambre de los lacayos y el miedo, tuve grandes peloteras con él, y tuve buenos respetos, que le hice mirar al fin de las comedias por la honra de las infantas, porque las llevaba de voleo y era compasión; no me pagarán esto sus padres dellas en su vida. Fuile a la mano en los dotes de los casamientos para acabar la maraña en la tercera jornada, porque no hubiera rentas en el mundo; y en una comedia, porque no se casasen todos, le pedí que el lacayo, queriéndole casar su señor con la criada, no quisiese casarse ni hubiese remedio, siquiera porque saliere un lacayo soltero. Donde mayores voces tuvimos, que casi me quise descasar, fue sobre los autos del Corpus. Decíale yo: "Hombre del diablo, ¿es posible que siempre en los autos del Corpus ha de entrar el diablo con grande brío, hablando a voces, gritos y patadas, y con un brío que parece que todo el teatro es suyo y poco para hacer su papel, como quien dice ¡Huela la casa al diablo!, y Cristo muy encogido, que parece que apenas echa la habla por la boca? Por vida vuestra que hagáis un auto donde el diablo no diga esta boca es mía, y pues tiene por qué callar, no hable; y que hable Cristo, pues puede y tiene razón, y enójese en un auto, que aunque es la mesma paciencia, tal vez se indignó y tomó el azote y trastornó mesas y tiendas y cátredas y hizo ruido". Hícele que, pues podía decir "Padre eterno", no dijese "Padre eternal", ni "Satán", sino "Satanás", que aquellas palabras eran buenas cuando el diablo entra diciendo "bu, bu, bu" y se sale como cohete. Desagravié los entremeses, que a todos les daban de palos, y con todos sus palos hacían los entremeses; cuando se dolían dellos, "duélanse (decía yo) de las comedias, que acaban en casamientos y son peores, porque son palos y mujer". Las comedias, que oyeron esto, por vengarse, pegaron los casamientos a los entremeses, y ellos por escaparse y ser solteros, algunos se acaban en barbería, guitarricas y cántico.

-¿Tan malas son las mujeres -dijo Marizápalos-, señora doña Fáfula?

Doña Fáfula, enfadada y con mucho toldo, dijo:

-Miren con qué nos viene ahora Marizápalos.

Si vengo, no vengo, se quisieron arañar y sí se hicieron, porque Mari Rabadilla, que estaba allí, no pudo llegar a metellas en paz, que sus hijos, por comer cada uno en su escudilla, se estaban dando de puñadas.

-Mirad -decía doña Fáfula- que digáis en el mundo quién soy.

Decía Marizápalos:

-Mirá que digáis cómo la he puesto.

Mari Rabadilla dijo:

-Decildes a los vivos que si mis hijos comen cada uno en su escudilla, ¿qué mal les hacen a ellos? ¡Cuánto peores son ellos, que comen en la escudilla de los otros, como don Diego de Noche y otros cofrades de su talle!

Apartéme de allí, que me hendía la cabeza, y vi venir un ruido de pullidos y chillidos grandísimo, y una mujer corriendo como una loca, diciendo:

-Pío, pío.

Yo entendí que era la reina Dido que andaba tras el pío Eneas, por el perro muerto, a la sacapela, cuando oigo decir "Allá va Marta con sus pollos".

-Válate el diablo, ¿y acá estáis? ¿Para quién crías esos pollos?-dije yo.

-Yo me lo sé -dijo ella-. Críolos para comérmelos, pues siempre decís "Muera Marta y muera harta". Y decildes a los del mundo, que quién canta bien después de hambriento, y que no digan necedades, que es cosa sabida que no hay tono como el del ahíto. Decildes que me dejen con mis pollos a mí, y que repartan esos refranes entre otras Martas que cantan después de hartas, que harto embarazada estoy yo acá con mis pollos sin que ande desasosegada en vuestro refrán.

¡Oh, qué voces y gritos se oían por toda aquella sima! Unos corrían a una parte y otros a otra, y todo se turbó en un instante. Yo no sabía dónde me esconder. Oíanse grandísimas voces que decían:

-Yo no te quiero; nadie te quiere.

Y todos decían esto. Cuando yo oí aquellos gritos, dije:

-Sin duda este es algún pobre, pues no le quiere nadie. Las señas de pobre son, por lo menos.

Todos me decían:

-¡Hacia ti, mira que va a ti!

Y yo no sabía qué me hacer y andaba como un loco mirando dónde huir, cuando me asió una cosa (que apenas divisaba lo que era) como sombra. Atemoricéme, púsoseme en pie el cabello, sacudióme el temor los huesos.

-¿Quién eres, o qué eres, o qué quieres -le dije-, que no te veo y te siento?

-Yo soy -dijo- el alma de Garibay, que ando buscando quien me quiera, y todos huyen de mí; y tenéis la culpa vosotros los vivos, que habéis introducido decir que el alma de Garibay no la quiso Dios ni el diablo, y en esto decís una mentira y una herejía. La herejía es decir que no la quiso Dios, que Dios todas las almas quiere y por todas murió; ellas son las que no quieren a Dios: así que Dios quiso el alma de Garibay como las demás. La mentira consiste en decir que no la quiso el diablo: ¿hay alma que no la quiera el diablo? No por cierto, que pues él no hace asco de las de los pasteleros, roperos, sastres, ni sombrereros, no la hará de mí. Cuando yo viví en el mundo me quiso una mujer calva y chica, gorda y fea, melindrosa y sucia, con otra docena de faltas: si esto no es querer el diablo, no sé qué es el diablo, pues veo, según esto, que me quiso por poderes, y esta mujer en virtud dellos me endiabló, y ahora ando en pena por todos estos sótanos y sepulcros. Y he tomado por arbitrio volverme al mundo y andar entre los desalmados corchetes y mohatreros, que por tener alma todos me reciben; y así todos estos y los demás oficios deste jaez tienen el ánima de Garibay. Y decildes que muchos dellos que allá dicen que el alma de Garibay no la quiso Dios ni el diablo, la quieren ellos por alma y la tienen por alma, y que dejen a Garibay y miren por sí.

En esto se desapareció con otro tanto ruido. Iba tras ella gran chusma de traperos, mesoneros, venteros, pintores, chicharreros y joyeros, diciéndola: "¡Aguarda, mi alma!". No vi cosa tan requebrada, y espantóme que nadie la quería al entrar y casi todos la requebraban al salir.

Yo quedé confuso, cuando se llegaron a mí Perico de los Palotes, y Pateta, Joan de las Calzas Blancas, Pedro Pordemás, el Bobo de

Coria, Pedro de Urdemales (así me dijeron que se llamaban) y dijeron:

-No queremos tratar del agravio que se nos hace a nosotros en los cuentos y en conversaciones, que no se ha de hacer todo en un día.

Yo les dije que hacían bien, porque estaba tal, con la variedad de cosas que había visto, que no me acordaba de nada.

-Solo queremos -dijo Pateta- que veas el retablo que tenemos de los muertos a puro refrán. Alcé los ojos y estaban a un lado el santo Macarro, jugando al abejón, y a su lado la de santo Leprisco; luego, en medio, estaba san Ciruelo y muchas mandas y promesas de señores y príncipes aguardando su día, porque entonces las harían buenas, que sería el día de san Ciruelo. Por encima dél estaba el santo de Pajares y fray Jarro, hecho una bota, por sacristán junto a san Porro, que se quejaba de los carreteros. Dijo fray Jarro, con una vendimia por ojos, escupiendo racimos y oliendo a lagares, hechas las manos dos piezgos y la nariz espita, la habla remostada, con un tonillo de lo caro:

-Estos son santos que ha canonizado la picardía con poco temor de Dios.

Yo me quería ir, y oigo que decía el santo de Pajares:

-¡Ah, compañero, decildes a los del siglo que muchos picarones que allá tenéis por santos, tienen acá guardados los pajares, y lo demás que tenemos que decir se dirá otro día.

Volví las espaldas y topé cosido conmigo don Diego de Noche, rascándose en una esquina. Conocíle y díjele:

-¿Es posible que aún hay que comer en v. m., señor don Diego?

Y díjome:

-Por mis pecados soy refitorio y bodegón de piojos. Querría suplicaros, pues os vais, y allá habrá muchos y acá no se hallan, por el bien parecer, que ando sin él desabrigado, que me inviéis algún mondadientes, que como yo le traiga en la boca todo me sobra, que soy amigo de traer las quijadas hechas jugador de manos, y al fin se masca y se chupa, y hay algo entre los dientes y poco a poco se roe, y si es de lentisco es bueno para las opilaciones.

Diome grande risa y apartéme dél huyendo, y por no le ver aserrar con las costillas un paredón a puros concomos.

Íbame poco a poco y buscando quien me guiase, cuando sin hablar palabra ni chistar (como dicen los niños), un muerto de buena disposición, bien vestido y de buena cara, cerró conmigo. Yo temí que era loco y cerré con él; metiéronnos en paz. Decía el muerto:

-¡Déjeme a ese bellaco deshonrabuenos, voto al cielo de la cama que le he de hacer que se quede acá!

Yo estaba colérico y díjele:

-¡Llega y te tornaré a matar, infame, que no puedes ser hombre de bien! ¡Llega, cabrón!

¡Quién tal dijo! No le hube llamado la mala palabra, cuando otra vez se quiso abalanzar a mí y yo a él. Llegáronse otros muertos y dijeron:

-¿Qué habéis hecho? ¿Sabéis con quién habláis? ¿A Diego Moreno llamáis cabrón? ¿No hallastes sabandijas de mejor frente?

-¿Que este es Diego Moreno?-dije yo.

Enojóme más y alcé la voz, diciendo:

-¡Infame! ¿Pues tú hablas? ¿Tú dices a los otros deshonrabuenos? La muerte no tiene honra, pues consiente que este ande aquí. ¿Qué le he hecho yo?

-Entremés -dijo tan presto Diego Moreno-. ¿Yo soy cabrón y otras bellaquerías que compusiste a él semejantes? ¿No hay otros Morenos de quien echar mano? ¿No sabías que todos los Morenos, aunque se llamen Joanes, en casándose se vuelven Diegos y que el color de los más maridos es moreno? ¿Qué he hecho yo que no hayan hecho otros mucho más? ¿Acabóse en mí el cuerno? ¿Levantéme yo a mayores con la cornamenta? ¿Encareciéronse por mi muerte los cabos de cuchillos y los tinteros? ¿Pues qué los ha movido a traerme por tablados? Yo fui marido de tomo y lomo, porque tomaba y engordaba; siete durmientes era con los ricos y grulla con los pobres; poco malicioso, lo que podía echar a la bolsa no lo echaba a mala parte. Mi mujer era una picaronaza, y ella me disfamaba, porque dio en decir "Dios me le guarde al mi Diego Moreno, que nunca me dijo malo ni bueno", y miente la bellaca, que yo dije malo y bueno ducientas veces. Y si está el remedio en eso, a los cabronazos que hay agora en el mundo decildes que se anden diciendo malo y bueno a sus mujeres, a ver si les desmocharán las testas y si podrán restañar el flujo del hueso. Lo otro, yo dicen que no dije malo ni bueno; y es tan al revés, que en viendo entrar en mi casa poetas decía "¡malo!", y en viendo salir ginoveses decía "¡bueno!"; si vía con mi mujer galancetes decía "¡malo!"; si vía mercaderes decía "¡bueno!"; si topaba en mi escalera valientes decía "¡remalo!"; si encontraba obligados y tratantes decía "¡rebueno!". ¿Pues qué más bueno y malo había de decir? En mi tiempo hacía tanto ruido un marido postizo que se vendía el mundo por uno y no se hallaba; ahora se casan por suficiencia y se ponen a maridos como a sastres y escribientes, y hay platicantes de cornudo y aprendices de maridería, y anda el negocio de suerte que, si volviera al mundo (con ser el propio Diego Moreno) a ser cornudo, me pusiera a platicante y aprendiz delante del acatamiento de los que peinan Medellín y barban de cabrío.

-¿Para qué son esas humildades -dije yo-, si fuiste el primer hombre que endureció de cabeza los matrimonios, el primero que crió desde el sombrero vidrieras de linternas, el primero que injirió los casamientos sin montera? Al mundo voy solo a escribir de día y de noche entremeses de tu vida.

-No irás esta vez -dijo.

Y asímonos a bocados, y a la grita y ruido que traíamos desperté de un vulco que di en la cama, diciendo: "¡Válgate el diablo, ¿ahora te enojas?" (propia condición de cornudos, enojarse después de muertos). Con esto me hallé en mi aposento tan cansado y tan colérico como si la pendencia hubiera sido verdad y la peregrinación no hubiera sido sueño.

Con todo eso, me pareció no despreciar del todo esta visión y darle algún crédito, pareciéndome que los muertos pocas veces se burlan, y que gente sin pretensión y desengañada, más atiende a enseñar que a entretener.

Fin del Sueño de la Muerte.